HÉSIODE ÉDITIONS

THÉOPHILE GAUTIER

Mademoiselle Dafné

Hésiode éditions

© Hésiode éditions.

22 rue Gabrielle Josserand - 93500 Pantin.
ISBN 978-2-38512-229-4
Dépôt légal : Novembre 2023

Impression Books on Demand GmbH

In de Tarpen 42
22848 Norderstedt, Allemagne

Mademoiselle Dafné

I

L'année dernière, il n'était question que de mademoiselle Dafné de Boisfleury, ou la Dafné, comme on l'appelait familièrement dans ce monde dont le plaisir semble être la principale ou pour mieux dire l'unique affaire. Tous ceux qui étaient d'un club quelque peu élégant, suivaient les courses de Chantilly et de la Marche, applaudissaient à l'Opéra la cantatrice ou la danseuse en vogue avec une fleur plantée à la boutonnière par Isabelle, jouaient à la paume et au cricket, patinaient sur le lac, soupaient au café Anglais en sortant du bal masqué, et, l'été, allaient suivre une martingale à Bade, connaissaient la Dafné. Les autres, pauvres gandins à la suite, indignes d'un si grand honneur, faisaient semblant de la connaître. De mauvaises langues prétendaient que son nom réel était Mélanie Tripier, mais les gens de goût l'approuvaient d'avoir répudié ces vocables disgracieux, un vilain nom sur une jolie femme produisant l'effet d'une limace sur une rose ; Dafné de Boisfleury valait mieux, à coup sûr, que Mélanie Tripier. Cela avait à la fois un petit air mythologique et aristocratique tout à fait galant. L'orthographe spéciale de Dafné, par un f, sentait son Italie de la Renaissance et donnait du ragoût à la chose. Ce nom sans doute avait été fabriqué pour la belle par quelque poète lyrique sans ouvrage et baptisé de vin de Champagne au dessert.

Quoiqu'il en soit, la Dafné arrivait aux courses dans une calèche à huit ressorts attelée de manière à défier la critique des sportmen les plus difficiles, et conduite à la Daumont par des grooms en culotte de peau blanche, en buttes molles à revers, en casaque de satin vert-pomme, les cheveux crêpés et poudrés sous leur casquette anglaise. Une duchesse de bon aloi n'eût pas été mieux menée ; cette rigueur dans les choses d'écurie lui valait une certaine estime parmi le monde hippique. Ses chevaux étaient des chevaux sérieux et sa livrée noire avait du chic.

Blonde primitivement, la Dafné, pour se conformer à la mode qui régnait alors, était devenue rousse par l'usage de certains cosmétiques renouvelés de la parfumerie vénitienne au seizième siècle. Retombant sur sa nuque en épais chignon, ses cheveux allumés au soleil de paillettes lumineuses brillaient comme des papillons d'or dans un filet. Elle avait les yeux vert de mer – procellosi oculi – des yeux de tempête rehaussés par des sourcils et des cils bruns, singularité piquante due à la nature ou à l'art, mais en tout cas d'un bon effet. Sa peau était trop blanche pour n'être pas truitée de quelques taches de rousseur sous sa poudre de riz et sa couche de fard hortensia, mais ce défaut se compensait par l'extrême finesse du tissu, et, d'ailleurs, en ce siècle de maquillage, on a le teint qu'on veut. Ses lèvres ravivées d'une couche de carmin laissaient voir en s'entr'ouvrant des dents pures et bien rangées, mais dont les canines très pointues, faisaient penser à la denture des Elfes, des Nixes et autres créatures aquatiques d'un commerce dangereux.

Quant à ses toilettes, elles étaient très variées, mais toujours extravagantes ; pittoresques, cependant, comme des travestissements de carnaval. C'était un luxe fou et une surcharge bizarre de tous les brimborions qu'invente la mode du demi-monde, ne sachant plus où donner de la tête pour tirer l'œil et faire scandale. Petits chapeaux andalous, hongrois, russes, avec plumes de paon, voilette-masque, constellations de paillettes d'acier, franges de larmes en verre, garnitures de perles en jais et autres fanfreluches de même sorte qui bruissaient comme la têtière d'une mule espagnole ; vestes turques, zouaves, chemises cosaques, garibaldis historiés de boutons, de grelots, de ferrets et de soutaches si compliquées que l'étoffe disparaissait ; jupons taillardés, retroussés, bouffants, plaqués de quilles et de losanges des couleurs les plus voyantes et les plus brusquement associées, bottes mignonnes en maroquin du Levant à hauts talons rouges et à glands d'or ; rien n'y manquait, et soyez certain sans l'avoir vu que ses boutons étaient blasonnés de fers à cheval et de fouets en sautoir. Elle ressemblait, à s'y méprendre, à un de ces croquis élégamment exagérés des costumes du jour dont Marcelin illustre la Vie parisienne.

Or il advint qu'au milieu de son triomphe, à l'apogée de son succès, mademoiselle Dafné de Boisfleury disparut subitement. L'astre eut une éclipse et s'effaça du ciel de la galanterie. Qu'était-elle devenue ? des créanciers lassés d'attendre l'avaient-ils envoyée en villégiature à Clichy ? était-elle tombée amoureuse de quelque mineur séraphique exigeant d'elle un renoncement complet à Satan et à ses pompes ? un pacha civilisé, las de Géorgiennes, de Circassiennes et de négresses, lui avait-il proposé un engagement de cinq cent mille francs pour son sérail, avec clause de réclusion et de fidélité ? Personne n'en savait rien. On alla même jusqu'à supposer que, prise par quelque remords soudain, elle s'était enfouie au fond d'un monastère. À cette aventure, il fallait une explication bizarre et romanesque, car la Dafné était trop belle, trop jeune et trop en vogue pour qu'on pût songer à l'un de ces désastres vulgaires qui remettent lorsqu'elles vieiltissent ces créatures dans l'inconnu d'où elles sortent.

On en parla bien quinze jours au bois, à l'Opéra et au club, puis on n'y pensa plus. Paris a bien autre chose à faire que de s'occuper des étoiles filantes ; il manque à tout le monde et personne ne lui manque. Si vous venez c'est bien, si vous vous en allez c'est mieux, car vous faites place à un autre. Paris n'est pas long à dire aux femmes displicuit nasus tuus : ton nez a déplu. Le nez de la Boisfleury qui était fort bien fait ne déplaisait pas encore, mais celui de Zerbinette, gentiment retroussé à la Roxelane, le fit oublier au bout d'un mois.

Cependant il fallait bien que la Dafné fût quelque part. Elle n'était pas morte, on l'aurait su ; sa maison, ses chevaux, ses voitures n'avaient pas été mis en vente, et l'on ne supprime pas en pleine civilisation un être aussi voyant qu'une fille de marbre comme mademoiselle Dafné de Boisfleury, née Mélanie Tripier. Ce qu'il y avait de certain, c'est que Dafné n'était plus à Paris. Un petit amoureux à qui elle avait donné un rendez-vous où nécessairement elle ne se trouva pas, l'avait cherchée partout, même à la Morgue, cette station finale des enquêtes désespérées.

Plus adroit que le petit amant, nous retrouverons peut-être mademoiselle Dafné de Boisfleury, mais pour cela il est indispensable de faire un voyage, de sauter de Paris à Rome, d'un alinéa à l'autre, et de nous suivre à la villa Pandolfi.

II

La villa Pandolfi, à quelques tours de roue hors des murs, est un de ces palais empreints au plus haut degré du goût italien comme il régnait vers la moitié du dix-septième siècle. Elle est située au fond de vastes jardins plutôt bâtis que plantés, car la compréhension de la nature est un sentiment tout moderne, et il n'y a pas longtemps qu'on s'est avisé de mettre dans les parcs des fleurs, des gazons et des arbres. Une porte semblable à un arc de triomphe et flanquée de colonnes d'ordre rustique à bossages vermiculés, d'où pendent des stalactites de pierre où se mêlent des barbes d'herbe, s'ouvre dans un mur antique qui a dû clore, sous les Césars, quelque villa patricienne. La grille franchie, une allée de cyprès plusieurs fois centenaires se présente au visiteur. Ces cyprès aux troncs côtelés de puissantes nervures pareilles à des colonnes tordues en faisceau par une main de géant, semblent avoir pour feuillage des scories de bronze et forment deux immenses rideaux d'un vert sombre presque noir conduisant la vue vers le palais élevé au fond de cette perspective. Une eau vive court dans des rigoles de pierre de chaque côté de l'allée, après avoir alimenté les fontaines et les jets d'eau de la villa, et s'engouffre dans une crapaudine avec un bruit de torrent. Entre les cyprès, des vases de marbre, des statues antiques plus ou moins mutilées font des taches de blancheur d'un effet assez inquiétant le soir, et rappellent vaguement les tombes turques au Grand Champ des morts de Scutari. À l'heure où nous commençons cette description, le soleil se couchait dans un ciel d'un bleu de turquoise strié d'étroits nuages violets et tournant au citron ou approchant des tons orangés qui environnaient l'astre à son déclin. Les pyramides des cyprès s'enlevaient en vigueur sur ce fond clair, et à travers leur feuillage obscur scintillaient, çà et là, des points de feu d'où partaient des rayons, tandis que tout le bas baignait dans une ombre bleue et froide.

Le palais s'élevait sur une grande terrasse à balustres de marbre divisés par des acrotères supportant des statues mythologiques tortillées dans le goût du Bernin et de son école. Des niches creusées dans les murs de soutènement contenaient aussi des figures frustes retirées des fouilles par les anciens propriétaires de la villa, et des fragments de bas-reliefs y étaient encastrés.

Un escalier de marbre séparait la terrasse et montait entre les deux substructions par larges paliers. D'un des coins de la balustrade, comme un tapis d'un balcon, s'échappait une immense nappe de lierre qui rompait heureusement les lignes horizontales de l'architecture.

Au haut de l'escalier s'élevait, en recul, le palais avec sa corniche d'une forte projection, ses grandes fenêtres aux frontons échancrés et triangulaires alternativement, son péristyle à pilastres d'ordre corinthien cannelé à mi-hauteur et son soubassement taillé à facettes. Pour avoir l'effet juste, sur cette vieille magnificence répandez la rouille du temps, les tons noirâtres de la pluie et les plaques vertes de mousses. Cela ne ressemblait en rien à ce qu'on entend en France par château ou maison de campagne. On eût dit une décoration de théâtre exécutée en pierre au lieu d'être peinte sur toile. Tout y était sacrifié à l'effet et à la perspective ; les arbres y ressemblaient à des coulisses, mais c'était une décoration comme celle de San-Quirico, qu'admirait si fort Stendhal, grandiose, solennelle et dessinée par un profond génie architectural.

Du haut de la terrasse, la vue s'étendait sur les jardins où des ifs et des buis taillés d'une façon bizarre formaient des compartiments symétriques, s'arrondissaient en boule, s'allongeaient en pyramide et prenaient toutes les figures, excepté la naturelle. C'était ce goût qu'on appelle français et qui est véritablement italien, car il vint chez nous d'au delà des monts et se développa dans toute sa splendeur sous Louis XIV. Au milieu de ces parterres on voyait des fontaines rappelant le style de celles qui ornent la place Navone. Des tritons barbus et cambrés tortillant leurs jambes squameuses, enlevant des néréides entre leurs bras nerveux et soufflant par leurs conques des jets d'eau qui retombaient en bruine sur leurs reins verdis. Dans les recoins, des grottes de rocaille envahies par les plantes pariétaires, abritaient les groupes d'Acis et Galatée que Polyphême menace d'une énorme pierre, et Pluton ravissant Proserpine sur un char à demi-englouti entre les roches entr'ouvertes. Cette invention avait dû jadis paraître du dernier galant. Deux autres fontaines appliquées au mur en forme de façades, versaient l'eau par des mascarons tragiques et comiques, au large rictus de bronze, dans une cuve de porphyre et dans un tombeau romain dont le bas-relief mutilé représentait une bacchanale.

Au delà, par-dessus les murailles, on apercevait vers le bord de l'horizon la ferme découpure du mont Soracte, brillanté de quelques touches de neige.

III

La nuit commençait à descendre et l'obscurité faisait briller sur la façade du palais quelques fenêtres d'un éclat rougeâtre. La villa, comme on eût pu le croire, n'était pas inhabitée ; elle avait, chose étonnante, d'autres hôtes que les rats, les araignées, les chauves-souris et les terreurs nocturnes.

Des voitures suivaient l'allée de cyprès où leurs lanternes scintillaient comme des vers luisants dans l'ombre opaque, et déposaient leurs maîtres à l'escalier de la terrasse. Ces arrivants semblaient des invités, car ils étaient tous en frac noir, cravate blanche et gants paille. Ils étaient presque tous jeunes, sauf deux ou trois personnages chez qui la naissance, le pouvoir et la richesse remplaçaient la jeunesse. Quoiqu'ils montassent les marches d'un pas plus lent et plus lourd, ils n'en étaient pas moins sûrs de parvenir.

L'intérieur du palais Pandolfi, bien qu'on eût fait des efforts pour y introduire le confortable moderne, n'en restait pas moins sérieux, triste, presque sinistre.

Les appartements de réception étaient au rez-de-chaussée et se composaient d'une suite de salons en enfilade, dont les portes se correspondaient, et formaient, du seuil à la dernière pièce, une longue perspective pareille à celle de ces glaces posées l'une en face à l'autre qui se renvoient indéfiniment leurs reflets. Le moindre de ces salons eût contenu sans peine toute une maison, comme les architectes les construisent aujourd'hui. Il fallait pour les remplir la gigantesque vie d'autrefois. C'est tout au plus si des buissons de bougies plantés dans d'énormes torchères suffisaient à faire discerner les tapisseries passées de ton, les cuirs de Cordoue à grands ramages, et les fresques assombries qui décoraient ces vastes murailles. De loin en loin, dans son cadre de vieil or rougi, une scène mythologique peinte par quelque Bolonais à la suite des Carrache, faisait sortir d'un chaos d'ombre la chair blanche d'une nymphe ou d'une déesse ; d'antiques cabinets de laque envoyaient les éclairs roses et bleus de leurs incrustations en burgau ; de vieux fauteuils dorés prenaient des paillettes de lumière sur les reliefs de leurs sculptures ; les figures couchées au-dessus des chambranles et soutenant le blason des Pandolfi s'illuminaient de luisants singuliers, et prolongeaient jusqu'au plafond leurs ombres déformées et spectrales.

À travers ces salons où se tenaient quelques domestiques en livrée sombre, indiquant la route, les invités passaient comme des fantômes, et le silence était si profond qu'on entendait le craquement de leurs bottes vernies sur les parquets de marqueterie ou de mosaïque d'un bout à l'autre des salles.

C'était dans la dernière pièce qu'avait lieu la réception. De fortes lampes enchâssées dans d'immenses potiches du Japon, un lustre à quarante branches, descendant d'un plafond représentant l'Olympe au bout d'un câble de soie accroché au ceste de Vénus, des appliques chargées de bougies et reflétant leurs lumières dans des miroirs d'argent poli, y produisaient une véritable illumination à giorno, qui permettait de saisir tous les détails d'un luxueux ameublement où le confort moderne avait su se plier avec intelligence à la sévérité du goût ancien.

La dame de la noble villa romaine n'était autre, il faut bien l'avouer, que mademoiselle Dafné de Boisfleury. Un Anglais, retour de l'Inde, possesseur d'un grand nombre de lacks de roupies, blasé sur les charmes plus ou moins cuivrés des bayadères, ultra splénétique et portant autour des yeux les lunettes d'or de l'hépatite, l'avait trouvée amusante comme un ouistiti en verve de grimaces, à un souper de carnaval et s'était payé « cette petite chose curieuse. » Ils s'en était bientôt fatigué dans l'intimité d'un voyage en Italie, et avait repris le chemin de Calcutta, laissant avec une grosse somme d'argent, en manière de consolation, la Dafné magnifiquement installée à la villa des Pandolfi, qu'il avait achetée de son dernier propriétaire tombé dans l'indigence, et forcé à ce douloureux sacrifice de voir une fille habiter le palais de ses aïeux.

La Dafné n'avait pas encore achevé sa toilette ; ces créatures n'en finissent jamais, et les convives au nombre de sept au huit attendaient avec cet air un peu gourmé d'hommes rivaux de fait ou tout au moins d'intention. Ceux qui étaient ou avaient été du dernier mieux avec la diva, se montraient bons princes, tandis que les antres, malgré leur politesse, gardaient une mine froide et presque farouche. Nous n'étonnerons personne en disant qu'il y avait là un duc historique, un pair d'Angleterre, un prince romain, un knias russe, deux marquis, un baron qui, s'il n'était pas le premier baron chrétien, n'en appartenait pas moins à une très illustre famille, et un charmant petit attaché d'ambassade tout jeune, tout blond, tout rose, qu'on eût pris pour l'ange de la diplomatie. Tout salon se fût honoré de pareils hôtes, et s'ils étaient là, c'est que les gens comme il faut aiment à se dédommager dans la mauvaise compagnie de l'ennui que leur cause la bonne.

Si vous le permettez, nous allons laisser ces beaux messieurs occupés à feuilleter les albums, regarder les stéréoscopes, examiner les bibelots des étagères, échanger quelques considérations politiques sur la jambe de la première danseuse, et nous passerons dans le cabinet de toilette de la Dafné. Elle se tenait debout, habillée de pied en cap, près d'une vaste table de marbre couverte de flacons, de brosses, de pots, de petits outils d'acier et de tout l'attirail de la toilette moderne. Devant elle était déployé un paravent de glaces, sorte de psyché à trois feuilles, le triptyque de la coquetterie, qui lui permettait de se voir de haut en bas sous tous les aspects. Le costume de la Dafné consistait en une robe de taffetas vert d'eau glacé, galonnée sur toutes les coutures de dentelles d'argent, qui encadraient également le corsage, et, cousues à plat, formaient sur la jupe des carrés, des losanges, des cercles et des entrelacs. Des bandelettes d'argent, en harmonie avec la garniture de la robe, brillaient par place dans ses cheveux roux, ondés, crêpés, hérissés sur le front, renoués à la nuque et s'échappant en une énorme gerbe de spirales d'or fauve sur des épaules qui, pour appartenir à un être doué d'une âme assez noire, n'en étaient pas moins blanches.

Quoiqu'elle eût tout lieu d'être contente de sa toilette, la Dafné ne jetait pas à sa psyché triple le regard d'approbation qu'elle ne se refusait pas, lorsque l'édifice de sa coiffure était venu à bien, et que la traîne de sa robe était suffisamment longue.

La portière du cabinet de toilette venait de retomber sur une visite mystérieuse. Une femme vêtue de noir, hermétiquement voilée, venue sans bruit, était sortie de même par des passages secrets, qu'elle semblait connaître de longue main, et qui lui avaient permis de parvenir jusqu'à Dafné, à l'insu des domestiques.

De ces femmes-là, vêtues de noir et masquées d'un voile de grenadine, on en voit souvent rôder autour des courtisanes à la mode, chuchotant des promesses d'écrins, de bourses d'or, de rentes assurées ; mais celle-ci, dans son costume couleur de ténèbres qui ressemblait à un domino, avait réellement fort grand air.

Cependant, quand elle fut sortie, la Dafné ouvrit un coffre en fer scellé dans le mur, et défendu par toutes les combinaisons de serrurerie qu'a pu produire la rivalité de Huret et de Fichet, et y enferma un portefeuille gonflé de billets de banque, sans doute le prix ou les arrhes du marché conclu. Mademoiselle de Boisfleury, ce qui ne lui arrivait pas souvent, avait l'air sérieux, et, en se dirigeant vers le salon elle murmurait, comme pour se la remémorer, cette phrase bizarre : « presser l'œil gauche du sphinx de droite. » Avant d'entrer, se sentant sans doute un peu pâle, elle lira de sa poche une petite pomme d'api en ivoire, qui se dévissait par la moitié, y prit une houppe chargée de rose et se la passa sur les joues.

Après la distribution obligatoire de saks-hands et les baisers posés sur le dos d'une main assez commune, travaillée par les unguicures, Dafné donna le bras au pair d'Angleterre, et l'on passa dans la salle à manger ; une haute salle décorée d'une fresque assombrie par le temps et représentant le banquet des dieux, œuvre de quelque élève de Jules Romain, si ce n'est de Jules Romain lui-même. Cette fresque, qui régnait tout autour de la salle, échancrée par la porte et une fenêtre unique, aux amples rideaux de brocatelle, reposait sur un soubassement, où Polydore de Caravage avait, au milieu d'une architecture feinte, encadré des médaillons de bronze rehaussés de hachures d'or, contenant des scènes et des attributs mythologiques. Les dieux et les déesses dans une nudité olympienne se livraient à de violentes crispations musculaires, pour tendre leur coupe au nectar d'Hébé ou prendre l'ambroisie, nourriture des immortels, sur de grands plats d'argent. Leurs torses, d'un ton orangé, se détachaient d'un ciel dont le bleu avait noirci, et leurs pieds s'appuyaient sur des flocons de nuages blancs, semblables à des éclats de marbre ; tous ces dieux du paganisme à qui l'art avait redonné une sorte de vie, semblaient regarder d'un air dédaigneux les mortels trop modernes, qui installaient leur dîner terrestre au-dessous de leur banquet céleste où l'on ne mangeait que de la peinture. Junon, son paon entre les jambes et la tête un peu tournée vers l'épaule, paraissait lancer un coup d'œil farouche à mademoiselle Damé de Boisfleury, placée précisément en face d'elle. La sévère épouse de Jupiter n'a jamais aimé les nymphes de conduite suspecte.

La table était posée au milieu de cette immense salle, sur un tapis de Smyrne, car bien qu'on touchât à la fin du printemps, la mosaïque du plancher eût été froide aux pieds des convives. Dafné avait à sa droite le pair d'Angleterre, qui portait majestueusement ses onze lustres, et gardait cette verdeur des vieillards anglais conservés par une grande vie et une hygiène supérieure ; à sa gauche Lothario, le jeune prince romain. C'était un jeune homme mince et nerveux, plutôt petit que grand, au teint pâle, le visage entouré d'une étroite ligne de favoris très noirs, qui allaient rejoindre une petite barbe fine, soyeuse et lustrée comme de l'ébène qui n'avait pas beaucoup d'années de date. Ses yeux étaient d'un brun foncé avec des lueurs jaunes autour de la pupille, et l'ensemble de ses traits offrait cette régularité classique qu'on rencontre assez souvent en Italie, et qui est si rare dans nos climats. Les artistes disaient que le prince Lothario ressemblait beaucoup au portrait de César Borgia par Raphaël, qu'on admire à la galerie Borghèse. Un soir de carnaval, Lothario avait pris pour déguisement le costume du portrait, et on eût dit que le Borgia était revenu au monde ; n'allez pas d'après cela imaginer une physionomie féroce et terrible, Lothario paraissait le plus doux des hommes, et avait une figure charmante comme le fils d'Alexandre VI.

Tout en conservant l'obséquiosité que les courtisanes gardent toujours à l'endroit des millions, même quand les millions ont des cheveux blancs, Dafné cultivait son voisin de gauche, le prince Lothario. Elle lui indiquait les vins qu'il fallait boire, les plats dont il valait mieux goûter, elle se penchait vers lui presque tendrement, lui chuchotait à l'oreille des choses qu'elle aurait bien pu dire tout haut, et à la moindre plaisanterie de Lothario elle riait, aux éclats, montrant ses belles dents jusqu'aux gencives et se renversant sur le dos de sa chaise, de façon à mettre en relief les trésors d'une poitrine fort blanche et fort bien meublée, comme disaient nos bons aïeux dans leur style galantin et léger ; souvent elle posait son bras nu contre la manche de Lothario, qui se blanchissait à la poudre de riz. Aujourd'hui on s'en farine près des nymphes comme près des meuniers.

Le repas était fin et délicat. On ne mange plus que chez ces créatures qui ont à réveiller tous les blasements, ceux du cœur et ceux de l'estomac. Le vin de Champagne de la veuve, comme on dit quand on veut mériter l'estime des garçons de cabinet, s'y frappait dans des carafes en cristal de Bohême, où une poche ménagée à la paroi du vase faisait plonger la glace sans qu'elle se mêlât au vin. Les crûs les plus célèbres du Rhin passaient de leurs longues quilles dans les rœmers couleur d'émeraude, et la Dafné, un peu lancée, racontait des histoires incroyables dans un style qui empruntait des termes à trois ou quatre argots ; car elle avait été modèle, figurante à un petit théâtre, et mêlée par ses amours au monde du sport. L'atelier, la coulisse et l'écurie lui ouvraient leur dictionnaire de locutions pittoresques. Il paraît que c'est un plaisir de voir tomber des lèvres d'une jolie femme, au lieu de perles ou de roses, des crapauds et des souris rouges, car tous ces hommes bien nés et de la meilleure éducation semblaient s'amuser beaucoup des propos de la Dafné. Le pair d'Angleterre qui ne comprenait pas toujours, quoiqu'il sût parfaitement le français de Racine, de Fénelon et de Voltaire, souriait gravement ; le knias russe, au courant de toutes ces rengaines par l'étude assidue des petits journaux, s'extasiait sur la verve de mademoiselle de Boisfleury, qu'il proclamait ce soir-là absolument phosphorescente. Quant au prince romain Lothario, en l'honneur duquel se tirait ce feu d'artifice, il y paraissait peu sensible. La blague parisienne est ce qui produit le moins d'effet sur un esprit italien : un accent de passion eût mieux valu pour le séduire. L'ange de la diplomatie, malgré son amour pour Dafné, ne pouvait s'empêcher de convenir, à part lui, que la divinité de son cœur employait des mots bien peu officiels et encore moins cancellaresques.

IV

Cependant qui eût observé d'un œil tranquille mademoiselle de Boisfleury, se fût aisément aperçu qu'elle faisait la bacchante à froid et qu'il y avait quelque chose de contraint et de nerveux dans ses efforts pour égayer ses convives. Malgré l'animation du repas, son rouge était tombé et une imperceptible moiteur mouillait ses tempes. De ses yeux, qu'elle tâchait de rendre provocants et voluptueux, jaillissait parfois un regard effaré. Heureusement pour elle les convives, échauffés par le vin et la bonne chère, ne prenaient pas garde à cette angoisse secrète qui perçait à travers les éclats de rire, les calembours par à peu près et les anecdotes saugrenues.

Dafné, voyant qu'elle faisait une médiocre impression sur Lothario, se dit « passons à la pose mélancolique, » et comme fatiguée du rôle qu'elle jouait, elle prit une attitude qu'elle savait lui aller bien ; le coude sur la table, la main à la tempe, les doigts dans les cheveux et le regard au plafond, ce qui donnait à son œil une lueur attendrie et lustrée. Elle était vraiment belle ainsi. Lothario, que la turbulence de Dafné avait ennuyé, la regarda avec plus de complaisance et lui adressa quelques phrases flatteuses.

— Allons, se dit la Dafné, cela sert toujours à quelque chose d'avoir posé la tête d'expression à l'Académie des beaux-arts. Cet air de Mignon regrettant la patrie, ne rate jamais son effet.

On servit le café, et dans une corne de rhinocéros travaillée avec un art infini par les patients Chinois, des cigares des meilleurs vueltas de la Havane, furent présentés aux convives. Bientôt des spirales bleuâtres montèrent vers le plafond rejoindre les nuages de l'Olympe, au risque de faire éternuer les déesses. La Venus antique aspirait le parfum de l'encens : la Vénus moderne doit se contenter de l'odeur du tabac. La soirée s'avançait et déjà deux ou trois de ces messieurs étaient partis. Ceux qui restaient craignaient, en s'en allant, de laisser le champ libre à un rival. Le jeune attaché d'ambassade, quoique Dafné eût plusieurs fois laissé tomber la conversation comme une personne qui désire être seule, ne pouvait se résoudre à faire retraite. Il n'y avait plus dans le salon que lui et le prince Lothario, à qui mademoiselle de Boisfleury lançait des regards languissants. Enfin, il se leva et prit congé d'un air maussade. Lothario se disposait à le suivre lorsque Dafné lui prit la main nerveusement et lui dit très bas et très vite : « Allez retirer votre paletot de l'antichambre et renvoyez votre voiture. » Cette injonction ne parut pas trop surprendre le prince, et il se mit en devoir de lui obéir.

Pendant les quelques minutes qu'il mit à exécuter cet ordre, la Dafné qui maintenait à grand'peine son agitation, murmurait à voix basse : « Lothario est jeune, beau, riche. J'ai bien envie de manquer à ma parole. L'affaire serait aussi bonne de ce côté-là ; oui, mais la femme noire me ferait assassiner ainsi qu'elle me l'a promis ou me donnerait une boulette comme à un caniche. »

Elle en était là de son monologue, lorsque Lothario rentra. Aussitôt elle prit avec une rapidité qui eût fait honneur à une grande comédienne une physionomie tendre, amoureuse, enivrée, et en quelques phrases mêlées de soupirs flûtés et de regards fondants, elle sut persuader au jeune prince qu'elle l'adorait depuis longtemps, depuis ce jour où elle l'avait rencontré aux cascines de Florence et qu'elle était bien malheureuse, elle, pauvre fille perdue, d'avoir porté ses vœux si haut et d'aimer un être noble et pur, qui ne pouvait avoir que du mépris pour elle.

Ces choses, même quand on n'y croit pas, sont toujours agréables à entendre, surtout si elles sortent des lèvres d'une jolie femme, prête à prouver son repentir par une nouvelle faute et à jeter en votre faveur la blanche robe d'innocence qu'elle a revêtue pour vous plaire. Dafné en ce moment était charmante, soit que la beauté du prince l'émût réellement, soit que l'approche d'une action hasardeuse donnât à ses traits une profondeur d'expression qui ne leur était pas habituelle.

Lothario l'avait rassurée de son mieux en disant que l'amour comme la flamme et le vin de la cuve ne souffrait rien d'impur, et qu'il suffisait de s'aimer pour devenir tout de suite deux beaux petits anges. Cette morale facile et légèrement moliniste parut du goût de Dafné, dont le prince entourait avec son bras la taille souple, comme Othello reconduisant Desdémona.

Affectant la poitrine délicate, Dafné simula une petite toux, et dit, elle qui jadis culottait les pipes quand elle était la Judith du rapin Holopherne : « La fumée de ces cigares m'entête et me suffoque, si nous allions dans ma chambre, il y fait plus frais ! »

On passa donc dans la chambre de Dafné. Une vaste pièce très haute de plafond, tapissée en cuir de Bohême à ramages d'or fauve, ornée de quelques tableaux de maîtres dont les teintes sombres faisaient tache dans leurs larges cadres d'or neuf, meublée d'un grand lit sculpté dans Le goût de la Renaissance et de fauteuils qui ressemblaient à des cathédrales. Cette pièce avait l'aspect lugubre de la chambre à coucher de la Tisbé au cinquième acte d'Angelo, tyran de Padoue. La Dafné y avait réalisé une décoration de mélodrame. Cela l'amusait d'avoir peur, le soir, en se couchant.

Dans un coin s'étalait un large divan ou plutôt un canapé en forme de banc antique, terminé à chaque bout par un sphinx dont la croupe servait d'appui aux coussins et permettait de s'accouder.

Lothario s'était assis sur ce divan et de ses bras enlacés attirait vers lui Dafné, qui faisait une molle résistance et dont le sein palpitait sous ses dentelles d'argent. La chambre n'était éclairée que par une lampe à trois becs découverte à Pompéï. Dafné tournait le dos à la lampe et sa figure baignait dans l'ombre ; si la lumière l'eût frappée, Lothario n'eût pas trouvé naturelles, en ce moment, la pâleur livide de la jeune femme et l'expression hagarde de ses yeux. Avec un geste qui simulait une mutinerie pudique, la Dafné se dégagea de l'étreinte du prince et, comme si elle chancelait d'émotion, elle appuya sa main tremblante sur la tête du sphinx de droite, dont les doigts à tâtons cherchaient l'œil gauche. Quand elle l'eût rencontré, elle en pressa fortement la prunelle, comme le bouton d'un timbre, ainsi que le lui avait commandé la dame à la toilette noire, qui lui inspirait une si profonde terreur.

À cette pression, le dessus du divan s'ouvrit comme au théâtre une trappe anglaise, précipitant Lothario dans un gouffre sombre d'où sortit violemment une bouffée d'air humide, et se referma aussitôt par la réaction du mécanisme d'une manière si exacte, qu'il était impossible de soupçonner qu'un homme était assis là trois secondes auparavant.

Le regard atone, les bras pendants, glacée d'horreur, la Dafné contemplait stupidement le canapé, couche d'amour transformée en tombeau, et sur lequel tout à l'heure lui souriait un jeune homme plein de vie et de désirs. De folles terreurs l'assaillirent ; les oreilles lui tintaient, le sang lui sifflait dans les tempes, et il lui semblait entendre de sourds gémissements à une grande profondeur sous le plancher.

Elle fit quelques pas vers la porte, craignant qu'une autre trappe ne s'ouvrit dans le parquet et ne l'envoyât rejoindre Lothario au fond de l'abîme : « Ce serait joliment bien joué, » se disait-elle ; mais rien ne céda sous ses pieds. Elle arriva heureusement au seuil de sa chambre, entra dans son cabinet de toilette, vida le coffre, y prit toutes les valeurs qu'il renfermait, la boîte contenant ses bijoux, et, avec l'aide de Victoire son âme damnée, sa femme de chambre-séïde, revêtit une robe de voyage, s'enveloppa d'un manteau de couleur sombre et monta dans le coupé qu'elle avait fait atteler.

Ce départ ne surprit personne parmi les domestiques dont la plupart, d'ailleurs, étaient déjà couchés. Souvent madame sortait à minuit pour ne rentrer que le matin.

V

En sentant le canapé manquer sous lui, Lothario s'était instinctivement retenu de sa main crispée au coussin de velours où il s'appuyait. Le coussin l'avait suivi dans sa chute et l'empêcha d'être mortelle en l'amortissant. Cette horrible sensation de descendra brusquement dans le noir à, une profondeur inconnue dura trois ou quatre secondes peut-être qui parurent des siècles au jeune prince romain. Un choc violent l'interrompit. Par bonheur à cet endroit le sol, composé de détritus, n'était pas dur et Lothario, un instant étourdi, reprit bientôt ses sens. Il se tâta, respira fortement, allongea les bras et les jambes et se convainquit qu'il n'avait rien de cassé. Cette constatation faite, il se dit qu'il fallait reconnaître la place, chose assez difficile dans cette obscurité plus dense, plus opaque et plus noire que celle du puits de l'abîme. Lothario était fumeur, et cette idée lui vint fort à propos qu'il devait avoir en poche une de ces boîtes d'allumettes de cire qui viennent de Marseille et se répandent par le monde entier ; il tâta son habit et sentit le mince relief de la boite. Il frotta une allumette sur le papier de verre, et à la clarté pétillante qui en résulta il examina rapidement le terrain de sa chute. Trois ou quatre squelettes sous des vêtements d'un autre siècle, tombés en lambeaux ou affaissés sur des formes absentes, étalaient leurs lignes anguleuses. Quelques restes de dorure brillaient parmi ce détritus noirâtre, et l'un des cadavres encore coiffé de son chapeau faisait avec sa face décharnée, ses dents sans lèvres et ses yeux vides, une grimace lugubrement sarcastique. Cela ressemblait à cette effroyable eau-forte de Goya qui a pour titre : « Naday nadie. » Cette vision plus horrible que toutes les monstruosités du cauchemar, s'éteignit avec l'allumette qui commençait à brûler les doigts de Lothario.

« Il parait, se dit le prince retombé dans l'obscurité, que je suis au fond d'une oubliette assez bien meublée, mais quel intérêt avait cette fille à faire basculer sous moi ce canapé mécanique ? Ce serait un mauvais calcul pour les courtisanes que de détruire les amants. Je ne lui ai pal fait de legs et je ne l'ai offensée en rien. À quoi lui servirait ma mort ? Dafné n'est ici que l'instrument ; c'est elle qui a poussé le ressort, mais l'impulsion vient d'ailleurs. Mais sans tant philosopher sur les effets et sur les causes, continuons nos investigations. » Et il frotta sur sa botte une autre allumette, dont la faible lueur servait plutôt à rendre les ténèbres visibles qu'à les éclairer. Cependant, Lothario distingua vaguement des murs réticulaires, des commencements de voûtes dont les arcs énormes se perdaient dans une brume sombre, et en se baissant il vit sur le sol quelques fragments de marbre, quelques petits cubes de pierre de couleur indiquant une ancienne mosaïque désagrégée par le temps. À n'en pouvoir douter, la villa Pandolfi avait pour substruction un édifice antique de l'époque des Césars, disparu sous l'exhaussement du sol et retrouvé en faisant les fouilles pour les fondations de la villa. L'architecte avait sans doute ménagé cette communication entre l'ancien palais et le nouveau, mais l'escalier dont on voyait encore les arrachements avait été détruit et transformé en gouffre d'oubliettes. Au moyen d'une troisième petite bougie, Lothario put reconnaître ces détails. Mais comment pourrait-il sortir de cette caverne, comment en trouver l'issue si elle en avait une à travers l'ombre que sa provision d'allumettes ne suffirait pas à dissiper ? Peut-être n'avait-il échappé à la mort soudaine que pour subir les agonies de de la mort lente, et, poussé par la faim, se manger dans la nuit la chair des bras. Cette perspective n'était pas gaie, et quoique Lothario fût aussi courageux qu'homme du monde, en y pensant il se sentit courir un petit frisson sur la peau.

Tout à coup il lui sembla entendre un léger bruit. Était-ce une goutte d'eau qui suintait de la route, le frôlement d'un reptile, le bruit d'ailes d'une chauve-souris, le trottinement d'une de ces bestioles immondes qui habitent les ténèbres ? Ce n'était rien de cela. Un frou-frou de soie de plus en plus distinct annonçait l'approche d'une femme, et bientôt un jet de lumière partant de la lentille verdâtre d'une lanterne sourde brilla dans l'ombre comme l'œil d'un hibou qui serait borgne.

— Est-ce la Dafné qui vient voir si je me suis brisé le crâne ou rompu les reins, se dit Lothario en s'étalant sur les squelettes. Je suis curieux de la mine quelle fera quand je lui dirai : « Bonjour, ma chère. »

La femme mystérieuse arriva près de Lothario, dirigea la lueur de sa lanterne sur ce corps qu'elle croyait bien être un cadavre et qui en avait l'immobilité, se pencha vers lui et mit la main dans la poitrine du prince comme pour y prendre quelque chose qu'elle savait y être. Mais le mort ressuscita subitement, lui saisit le poignet comme dans un étau et de l'autre main lui arracha la lanterne dont la lumière retournée éclaira une figure qui n'était pas celle de Dafné. C'était une tête pâle, aux traits réguliers, aux sourcils noirs, d'une beauté sinistre et qui en ce moment semblait médusée d'épouvante.

— Ah ! c'est vous, ma belle-mère, fit le prince Lothario, sans manifester de surprise, je me doutais bien que vous étiez pour quelque chose dans cette aimable machination. J'y reconnais votre génie scélérat et mélodramatique digne du moyen âge. Vous vous êtes en naissant trompée d'époque, chère Violanta, et vous auriez admirablement tenu votre place à la cour des Borgia. C'est très gentil au dix-neuvième siècle, d'avoir, comme Lucrèce, des princesses Négroni, qui vous attirent à souper les beaux jeunes gens et les font asseoir sur des sofas à procédés se changeant en oubliettes. Ce truc me plaît et je l'indiquerai à quelque dramaturge.

— Ma haine est assez profonde pour être respectée, fit Violante. Trêve de railleries. Je voulais vous tuer ; j'ai manqué mon coup, tuez-moi, c'est de franc jeu.

— Soyez tranquille, madame, vous ne sortirez pas vivante d'ici. Des esprits timorés objecteraient peut-être que vous êtes une femme, mais les monstres n'ont pas de sexe et l'on écrase une vipère femelle avec la même horreur qu'une vipère mâle. Vous me haïssez, mais je vous le rends bien, et je vous assure que c'est une antipathie à la fois instinctive et raisonnée.

Vous avez trompé mon père qui, séduit par votre beauté funeste, avait eu la faiblesse de vous épouser, et vous êtes entrée dans la couche où était morte ma mère, portant déjà en votre sein l'enfant qui naissait à sept mois et cependant venait bien à terme, le fils du ténor Ambrosio dont vous vous étiez amourachée à la foire de Sinigaglia. J'ai là dans ce sachet que vous vouliez me reprendre avec la vie, les lettres d'amour du chanteur que m'a vendues une servante corse maltraitée par vous. Ces lettres prouvent que votre enfant n'a aucun droit à l'héritage du prince, même quand je serais mort. En les publiant, j'aurais découvert avec votre honte la honte de mon père ; je ne l'ai pas fait, mais j'étais bien aise d'avoir la pointe de cette arme dirigée sur votre cœur. Avec vous, on est forcé d'employer les moyens indélicats : en outre, vous avez essayé plusieurs fois de m'empoisonner pour que votre enfant recueillît seul les immenses biens du prince Donati. Dans ce but, vous avez étudié, penchée sur les fourneaux et la figure couverte d'un masque de verre, l'ancienne toxicologie italienne. Vous avez retrouvé ce poison blanc comme de la poudre de marbre de Carrare, qui fait trouver le vin meilleur qu'on servait aux soupers du pape Alexandre, ce parfum de Ruggieri dont les gants de Jeanne d'Albret étaient imprégnés, et cette aqua tofana, vraie eau du Styx, dont le secret est heureusement perdu. Longtemps j'ai vécu d'œufs que m'apportait de la campagne ma bonne et fidèle nourrice Mariuccia, et avec l'aide de mon professeur l'abbé Bolonini, savant chimiste, j'ai cherché les recettes de contre-poisons. Aucun venin, pas même le vôtre, ne peut mordre sur moi ; je suis comme Mithridate, roi de Pont. Voyant que le poison ne réussissait pas, vous avez eu recours au fer et à diverses reprises vos buli m'ont attaqué, la nuit, dans les rues de Rome. Heureusement, je suis de première force aux armes, et j'ai repêché au fond du puits où Lorenzaccio fa jetée la chemise de mailles du bâtard de Médicis, un peu rouillée peut-être, mais très souple et très solide encore, car elle m'a garanti de trois coups de poignard. Comme ces moyens ne vous amenaient pas à votre but, comptant sur votre beauté, vous avez joué le rôle de Phèdre mieux que madame Ristori, et tenté pour mieux m'étouffer de m'attirer entre vos bras. Mais quoique je n'eusse pas d'Aricie, je restai plus sot, plus froid, plus déplorable qu'Hippolyte lui-même, et ma chère marâtre n'eut pas cette joie d'entraîner son beau-fils dans une complicité d'inceste. Voilà mes petits griefs exposés sans emphase. Je ne parle pas du trapillon par lequel vous avez tout à l'heure voulu me faire disparaître. Jusqu'à la mort de mon père j'ai gardé le silence, il ne faut pas de tache de boue au blason des Donati, mais une tache de sang n'a rien qui me répugne. Cette pourpre purifie, et comme dit le fier proverbe espagnol : « la lessive de l'honneur ne se coule qu'avec du sang. »

Pendant ce discours débité avec un flegme sarcastique, Violanta regardait Lothario ne sachant s'il raillait ou parlait sérieusement, mais une haine implacable brillait dans les yeux du prince. Son long ressentiment allait se satisfaire, et l'heure de la légitime vengeance était enfin arrivée. Tout en parlant, sans lâcher le poignet de Violanta, il avait placé la lanterne sourde sur une pierre, et de sa main libre, il fouillait sa poche pour y chercher un stylet.

Violanta qui épiait les mouvements de Lothario, lui imprima une si brusque saccade que le prince lâcha prise, puis se mit à courir en poussant des éclats de rire stridents et moqueurs. Lothario ramassa la lanterne, car il pensa qu'il aurait bientôt perdu de vue Violanta dans ces souterrains dont il ne connaissait pas les détours, et il fit tomber les rayons de la lentille sur la fugitive, s'engageant à sa suite en d'étroits couloirs dont les murs verdis suintaient l'humidité. Il était près de l'atteindre, lorsque soudain elle disparut comme si elle se fût abîmée en terre ; un cri lamentable, un cri d'agonie et d'angoisse suprême retentit comme sortant des profondeurs du sol. Lothario s'arrêta, et dirigeant en bas la lueur de la lanterne sourde, il vit au milieu du chemin la bouche d'un puits sans margelle dont le bord ne laissait qu'un étroit passage entre la paroi du couloir et la gueule du gouffre. Violanta avait pensé que le prince lancé à sa poursuite tomberait dans l'abîme qu'elle-même éviterait en contournant la marge, mais le pied lui avait manqué, et ses mains à une vingtaine de pieds de profondeur, s'étaient accrochées désespérément pendant la chute à une saillie des pierres. En se penchant avec la lanterne, Lothario aperçut au fond du puits une vraie figure de damnée, livide, les yeux injectés de sang, la bouche violette, qui le regardait fixement avec l'affreuse expression de la haine impuissante. Le prince eut pitié de cette femme qu'il voulait tout à l'heure poignarder. Il admettait bien la mort par le stylet, mais non cette angoisse horrible d'être suspendue par les ongles au-dessus de cette eau noire, visqueuse, d'une profondeur inconnue où jamais la lumière n'avait brillé et qui croupissait comme un flot de l'Érèbe. Comme il n'avait pas de corde pour lui tendre, il défit son habit et le plongea dans le puits en le tenant par la manche. Mais il s'en fallait de sept ou huit pieds qu'il n'arrivât jusqu'à Violanta. Bientôt un bruit sourd retentit et l'eau rejaillit le long des parois, puis un grand silence régna. Lothario remit son frac et continua sa route avec précaution, car cet engloutissement de Violanta lui inspirait une juste méfiance. Comme Dante dans sa promenade aux enfers, il ne levait un pied qu'après avoir bien assuré l'autre.

– Ma modestie, se disait-il tout en marchant, m'empêche de croire que le ciel se mêle de mes petites affaires ; cependant on pourrait voir dans tout cela, sans superstition, le doigt de la Providence, car c'était moi qui devais faire le plongeon dans ce puits.

VI

Le couloir qu'il suivait et dont il explorait les murs avec sa lanterne, présentait des peintures sur fond rouge dans le goût des fresques de Pompéï et d'Herculanum assez bien conservées par places. C'étaient des danseuses, des bacchantes, des satyres luttant contre des boucs, des pygmées combattant contre des grues, des amours montés sur des chars traînés par des passereaux, des cigales et des colimaçons qu'ils fouettaient à tour de bras, des architectures chimériques se dessinant sur des fonds de paysage, les motifs habituels de l'ornementation antique.

À un certain endroit, le mur s'était écroulé et découvrait d'autres souterrains qui ne paraissaient pas appartenir au même ordre de ruines. Lothario pénétra par cette ouverture, et au bout de quelques pas, reconnut qu'elle donnait accès aux catacombes. Des inscriptions creusées dans la roche et remplies de minium encore visible y indiquaient les tombes des premiers chrétiens. On y voyait dessinés au trait l'agneau et le poisson symboliques. Ce n'était pas par là que le prince devait chercher une issue ; il se serait irrémédiablement égaré dans les rues, les dédales, les carrefours et les cœcums de cette Rome souterraine aussi grande que la Rome vivante. Il reprit donc sa route et déboucha bientôt dans une vaste salle, dont la lueur promenée de sa lanterne sourde n'atteignait pas la voûte. En errant à droite et à gauche pour trouver un passage, son pied heurta quelque chose, une sorte de bâton gros comme un bois de lance et en se baissant pour le ramasser, il vit avec joie que c'était une torche oubliée là, sans doute, par les bandits qui autrefois venaient chercher un refuge dans ces ruines seulement connues d'eux ; il l'alluma et à sa clarté grésillante et fumeuse, mais autrement vive que celle de la lanterne, il put distinguer l'ensemble de la salle où il se trouvait et qui ressemblait aux thermes de quelque palais impérial.

Au fond, une énorme voûte de briques, dont l'enduit de stuc était tombé et que pénétraient les racines des arbres poussés sur les couches des terres supérieures, s'arrondissait en cul de four et couronnait un hémicycle creusé de niches où se voyaient encore quelques statues, les unes entières, les autres brisées au milieu du torse, les autres décapitées seulement. Ce n'était pas le moment de faire de l'archéologie et de décider si les chapiteaux des colonnes supportant l'architrave étaient d'un corinthien pur ou composite et avaient les dimensions prescrites par Vitruve.

Une brèche s'ouvrait dans un coin de la salle, vestige d'une porte dont le chambranle de marbre s'était écroulé. Supposant avec logique qu'une porte doit toujours conduire quelque part, Lothario franchit le seuil et rencontra un escalier qui semblait descendre dans les entrailles de la terre et qui conduisait à un caveau voûté, sans doute le trésor, car des caisses, dont le bois avait pourri et qui ne se tenaient que par leur garniture et leurs clous de bronze oxydé, avaient du contenir des pièces d'or et d'argent ; mais elles avaient été effondrées et vidées depuis longtemps.

Un autre escalier se présenta, faisant dans l'intérieur des massifs de maçonnerie de capricieuses circonvolutions. Les marches rendues inégales ou descellées par les infiltrations des eaux, chancelaient sous le pied de Lothario, et quelquefois une pierre se détachant roulait le long des degrés et éveillait sous la voûte basse des échos lugubres. Souvent la semelle de son brodequin glissait sur quelque chose de flasque, de visqueux et de fétide, inerte et vivant à la fois, un crapaud troublé dans sa quiétude séculaire. Parfois, une chauve-souris effarée, venait balancer ses ailes membraneuses à travers la fumée de la torche ; une queue de serpent semblable à une racine se retirait brusquement entre les pierres. À de certains moments, Lothario croyait entendre derrière lui des pas, mais ce n'était que la résonance des siens et quand il se retournait, il n'apercevait rien que l'ombre se refermant après le passage de la lumière, comme des portes d'ébène qui retomberaient. Cet escalier, qui montait et descendait et n'en finissait pas, obstrué parfois de décombres, rappelait au prince ce cauchemar à l'eau-forte où Piranèse a représenté une échelle infinie de degrés serpentant à travers de noires et formidables architectures, et gravie péniblement par un homme qu'on revoit à chaque palier plus las, plus délabré, plus maigre, plus spectral et qui, arrivé, après tant d'efforts, au haut de cette babel d'escaliers partant du centre de la terre, reconnaît avec un affreux désespoir qu'elle aboutit à une trappe impossible à soulever. Si les ruines romaines ne sont pas hantées de fantômes traînant des ferrailles comme les ruines gothiques, elles ont aussi leurs terreurs. Les larves, les lémures, les lamies, les empouses, les stryges valent bien les brucolaques, les goules, les aspioles, les égrégores et toute la hideuse population nocturne des lieux abandonnés, et Lothario, à force d'errer dans ce rêve de pierre, commençait à éprouver des inquiétudes nerveuses, des frissons maladifs. Il n'avait sur lui qu'un mince habit de soirée ; le froid humide et sépulcral de ces salles souterraines l'enveloppait comme un drap mouillé. La fatigue et le découragement l'envahissaient ; sa lanterne s'était éteinte, sa torche diminuait, et que ferait-il quand elle aurait jeté sa dernière lueur, pris dans cette obscurité intense, perdu dans ce labyrinthe de passages, de couloirs, de chambres, d'escaliers, de planchers effondrés qui pouvaient l'engloutir et le jeter, les os brisés, au fond d'un noir plus absolu, plus opaque encore ? Cette manière de mourir, quoiqu'il n'y en ait pas de bonne, lui paraissait particulièrement désagréable. En effet, pour un prince Donati, c'était une fin piteuse que de crever comme un rat sous un tas de décombres. Aussi, se disait-il : « Pourquoi cette grue de Dafné ne m'a-t-elle pas dit la chose, je lui aurais donné le double de ce que lui offrait ma dramatique marâtre, et au lieu d'errer parmi ces tas de pierres et de briques, d'où je ne sortirai peut-être jamais, je dormirais bien à mon aise dans ce grand lit Renaissance à corniche sculptée. »

Un commencement de fièvre faisait danser des hallucinations dans son cerveau, hallucinations qui se représentaient en fantômes extérieurs. Il croyait voir le squelette coiffé d'un chapeau venir à lui avec des grimaces obséquieuses et des révérences exagérées, le priant, au nom des deux autres cadavres, de vouloir bien faire le quatrième à une partie de whist. Depuis longtemps, ils attendaient cette occasion, mais les mœurs s'étant adoucies, on ne jetait plus personne aux oubliettes. Puis la vision changeait. Les statues quittaient leurs niches, les peintures se détachaient des murailles et exécutaient autour de lui des sarabandes d'une nudité mythologique. « Le délire antique vaut mieux que le délire moderne, se disait Lothario ; ces danseuses aux transparentes draperies roses sont plus jolies que ces squelettes en haillons et le bruit de leurs crotales d'or est préférable à ces craquements de jointures. »

Se sentant envahir par les chimères de la fièvre, le prince fit un violent effort sur lui-même et ramena au logis sa raison qui s'envolait. Ainsi rasséréné, il continua sa route, et bientôt un bruit d'eau courante et comme le grondement d'une cascade vint frapper son oreille. La conduite qui menait l'eau dans la salle des thermes s'était affaissée depuis longtemps sous la pression des terres, et la source extravasée s'était fait un lit à travers les ruines et courait rapidement vers une ouverture sombre où elle déversait sa nappe noire, zébrée de serpents de feu par le reflet de la torche. Une poutre jetée d'un bord à l'autre, formait un pont étroit que Lothario hésitait à franchir, craignant quelque bascule, quelque rupture habilement ménagée. Mais il se décida bien vite, sa position ne pouvant guère empirer. La poutre ne fléchit pas sous les pieds du prince et ne lui joua aucun mauvais tour. Il se trouva de l'autre côté dans une suite de chambres relativement moins délabrées. Par les crevasses des voûtes filtrait une faible lueur bleue, car, pendant tout ce voyage souterrain, les heures s'étaient écoulées et l'aurore se levait sur la campagne romaine. La clarté devint bientôt plus vive et Lothario put abandonner sa torche. Le jour entrait dans la ruine à travers des fissures obstruées d'herbes et de broussailles. Des colonnes aux cannelures frustes, aux chapiteaux émoussés, supportaient les arcs des voûtes, et aux murailles dépouillées de leurs revêtements de marbre, les plantes pariétaires, pour en voiler la nudité, avaient suspendu leurs vertes draperies. Au fond, brillait comme une étoile, une petite percée de ciel bleu. Se hissant sur un monceau de briques, de fragments de pierre et de marbre mêlés de terre, Lothario parvint jusqu'à l'ouverture qu'il n'eut pas besoin d'élargir pour y passer, car, nous l'avons dit, il était svelte et mince. S'appuyant sur la paume des mains, il souleva son corps et se trouva bientôt hors du gouffre, en pleine lumière, au milieu d'un troupeau de buffles qui le regardaient avec une stupeur farouche, et reniflaient à son aspect en secouant la bave de leurs mufles et en grattant la terre de leurs sabots. Lothario les écarta doucement en leur disant les mots auxquels ils ont l'habitude d'obéir, et il s'éloigna d'eux à pas lents sans en être poursuivi.

La lumière rose et bleue du matin s'étalait sur la vaste campagne déserte, dorant les arches des aqueducs et faisant scintiller par places les flaques d'eau amassées aux plis du terrain. Des fumées légères indiquant les feux de pâtre, montaient dans l'air limpide, et les bondrées, cherchant leur proie, décrivaient des cercles dans l'azur au-dessus de la grandiose solitude. À L'horizon, se découpait la silhouette de Rome, dominée par le dôme de Saint-Pierre, semblable à une montagne arrondie. Le prince savoura avec une inexprimable volupté cet air pur, ce vent frais, cette lumière sereine, cette calme et splendide magnificence de la nature ; sa poitrine, oppressée pendant plusieurs heures par la voûte de ces ruines souterraines qui pouvaient être pour lui le couvercle du sépulcre, se dilatait délicieusement. Il remontait du gouffre à la surface, il revivait, il ressuscitait.

Une calèche qui avait mené, la veille, des voyageurs à Castel-Gandolfo revenait à vide. Lothario la héla, et en moins d'une heure le galop des petits chevaux romains, si actifs et si pleins de feu, l'avait ramené à son palais ; il se coucha et dormit d'un profond somme. Lorsqu'il se leva vers midi, il murmura en baillant et en s'étirant : « Et l'on dit qu'il n'arrive plus d'aventures ! »

VII

Maintenant quelques mots pour finir.

La disparition de Violanta resta toujours inexplicable, une instruction fut commencée et abandonnée faute d'indices. Les âmes pieuses dirent que le diable avait emporté la princesse, qui s'adonnait à la magie. À Rome, cette explication ne semble pas invraisemblable.

Le fils du ténor Ambrosio prit les fièvres et mourut.

La Dafné était retournée à Paris, où le jeune attaché d'ambassade vint la rejoindre. Elle avait repris sa vie habituelle. Mais, au dernier carnaval, comme elle était en train de souper, au café Anglais, avec quelques biches et quelques gandins de la plus belle eau, faisant grand tapage et commençant à briser les cristaux, un jeune homme pâle, à favoris noirs, et de l'air le plus distingué, se trompant sans doute de numéro, ouvrit la porte du cabinet, ayant au bras un très gant domino bleu ramené de l'Opéra. Le jeune homme, qui n'était autre que Lothario, s'excusa poliment de s'être introduit de la sorte en si bonne compagnie, et il allait se retirer lorsque Dafné se levant toute droite, les yeux hagards, la figure livide, exprimant une indicible terreur comme si elle voyait un spectre, murmura d'une voix étranglée : « Oh ! les morts reviennent donc. » Puis elle tomba raide, renversant sa chaise et entraînant la nappe de ses mains crispées ; elle était plus blanche que sa robe de taffetas blanc, et la mort lui mettait aux joues sa terrible poudre de riz.

On s'empressa autour d'elle, on la releva, mais tout ce qu'on fit fut inutile.

Elle murmura encore quelques mots étranges : « La femme noire, l'œil gauche du sphinx de droite, presser le bouton, patatra, » et elle mourut.

– Eh bien, voilà une jolie fin, dit Zerbinette ; Dafné est crevée d'une indigestion d'écrevisses à la bordelaise, c'était fatal. On périt toujours par ce qu'on aime.

Ce fut toute l'oraison funèbre de mademoiselle Dafné de Boisfleury, et pour achever sa disgrâce, la mort, qui aime la vérité, ne la reçut au cimetière Montmartre que sous le nom de Mélanie Tripier.

À vrai dire, elle ne méritait pas d'autre oraison funèbre ni d'autre épitaphe.

Quant au prince Lothario, il avait discrètement refermé la porte, et dans le cabinet voisin, il soulevait la barbe de dentelles du domino bleu qui ne voulait pas se démasquer, et prenait sur des lèvres qui disaient « non, » un baiser qui disait « oui. »